시로 쓴 소설

열네 살의 피처링

KB275044

열네 살의 피처링

시로 쓴 소설

차례

Track. 01

봄

싱숭생숭

일탈의 계절

일출

[율]

더 자겠다고 버팅기다

아빠 손에 이끌려 나온

새해 첫날은

산에 올라 일출 보기,

내키든 말든 지켜야 할

우리 집 집룰

아빠와 냉전인 난

일부러 뒤처지고

눈치 없는 아빤

보폭을 맞춰 걷고

별로인 기분에

차라리 앞질러 가는데

톡, 타닥, 스사삭

들려오는 작은 소리

"봄이 깨는 소리야."

야속한 아빠의 말,

내 말은 안 듣고

봄 말만 듣네

정상에 오르자

검푸른 하늘에 퍼지는

실오라기 빛 하나

어둠은 물러가고

전진하는 환한 기운,

내 얼굴을 어르는데

아래를 내려다보니

한눈에 들어오는 길

내 길이 맞나 싶게 낯설다

순간

쓰윽, 모습을 드러내는

커다란 불덩이

전학생

[율]

노곤노곤

내 책상까지 드리워진

창가 햇살

나른할 봄날의 예고

소도시 학교에선

중학생이 되어도

그 친구가 그 친구

딱히 새로울 것도 특별할 것도 없는

중1의 시작

래퍼를 꿈꾸는 나에겐

그저 따분한 시작

조회 시간 담임과 들어온 전학생

깊은 쌍꺼풀에 무표정한 인상

내 호기심을 툭툭 건드리는데

"김민혁이야."

한마디로 끝난 자기소개,

왠지 내 랩의 소재가 될 것도 같은

똥폼

[율]

학교 벤치에 누워

하늘을 보고

지나가는 구름도 보고

날아가는 새와 눈까지 맞추면

복잡한 마음 위로

새로운 세상이 확 쏟아지는데

사람들은 모를 거야

정면으로 바라봐 주는 세상

아무 말 없이 안아 주는 세상

마음을 보여 줘도 될 것 같은 세상

이럴 땐 운동장 아이들 소리도

담 너머 거슬리는 경적 소리도

아득하게 캔슬링

그때 내 시야에 들어온

새우 모양 구름,

저 새우는 왜 구름이 되었을까?

살아온 방식을 벗어난

지금의 자신이 싫어진

일탈인 걸까

"지율. 똥폼 그만 잡지? 수업종 울릴 텐데."

내 점심시간 피날레에

찬물을 끼얹는 냉랭한 목소리는

우리 반 반장,

내 단짝 권지우

권지우

[율]

내 첫 호기심 대상 권지우

심술 난 표정으로

투덜대며 할머니를 따라오던

초2 단발머리 여자애

심심한 내 일상에

툭, 돌멩이 하나 던졌던

똘망한 눈빛, 다부진 인상

"쯧쯧, 저 어린것이……."

동네 사람들에게 전해 들은 사연,

교통사고로 엄마 아빠를 잃고

외할머니를 따라왔다고

우리 집 책방 맞은편

지우 할머니 분식집,

같은 반이 된 지우와 나

등굣길도 하굣길도 어느새 함께

지우 할머닌 나만 보면

"떡볶이 먹고 가라."

우리 아빤 지우만 보면

"동화책 가져가 읽어라."

친남매처럼 단짝처럼

늘 붙어 다니고

그만큼 싸우며 지내 온 우리

조금은 덜 외롭게

[율]

체육 시간 아이들에게
전달 사항 전하는 지우

딴짓하는 애들
콕콕 집어 집중시키는
야무진 지우

언제나 어디서나
쾌활한 지우가
더 짠해 보인다던
동네 아저씨 말에
표정이 굳어지던

아빠는

아마도 알았겠지

아저씨가 또 다른 곳에선

아빠랑 단둘이 사는 내 얘길

할 거란 걸

늘 당당하고 밝은 지우 덕분에

조금은 덜 외롭게 버틸 수 있었던

내 빈자리

반장의 오지랖

[민혁]

전학 온 나에게 이것저것 알려 주는

반장이라는 애

알아서 해도 될 것까지

챙기는 오지랖

살짝 귀찮아지는데

한참을 더 조잘대는

환하게 웃는 맑은 표정에

잠시 그대로 듣고 있는데

이쪽을 바라보는 남자애,

뭔가 불편한 표정

또 궁금한 건 언제든 물으라며

악센트 꾹꾹 눌러 말하던 반장이

남자애를 향해 소리친다

"야, 지율! 기다려, 같이 가게."

노을과 율

[지우]

"노을이 제일 선명할 때가
언젠 줄 알아?"

하굣길 내 질문에
붉게 물든 하늘을 보는 율,
잘 모르겠다는 표정

"빛이 먼지와 부딪칠 때."

뭘 좀 알면 꼭 티를 낸다며
잽 한번 날리던 율,

"지우야, 그럼 우리도
더 부딪쳐 볼까?"

무슨 말인가 싶어

멍하니 바라보는데

"저 노을처럼 말이야.

뭔가 선명해지려면…….”

알아듣게 말하라고

퉁을 놓으려다 말았다

노을처럼 붉어진

율의 눈시울에

떡볶이 랩

[지우]

대파를 썰어, 마디마디 썰어, 기름에 볶아, 지글지글 볶아,
물 붓고 고춧가루 넣고, 간장은 진간장, 할머니표 고추장, 올
리고당 안 돼, 설탕이 제맛, 떡 듬뿍, 어묵 조금, 마지막엔 반
숙란, 섞는다, 졸인다, 매콤달콤 떡볶이 완성!

할머니 덜 힘드시게
율이 만들어 준 떡볶이 랩

"그걸 부르면서 일하라고?
참말로 재간 좋다잉."
기분 좋게 웃으시는 할머니

"내가 유명 래퍼 되면
분식집도 대박 날 테니 두고 봐요."

할머니의 건망증

[지우]

25

"좀 전에 썼는디 어딨당가?"
선반 사물함에서 나온 국자

"분명 들고 온 것 같은디……."
시장 채소 가게에서 찾은 장바구니

"학교를 아직도 안 갔디야?"
일요일 늦잠 자던 내게 한 말

요즘 들어 자주 깜빡거리는
할머니의 기억

엄마의 기일

[율]

봄만 되면

치고 올라오는

엄마에 대한 그리움

나를 낳다 돌아가셨다는 엄마

내가 태어난 날이

엄마가 떠나간 날

생일선물 대신 엄마 묘소 가자는

내 소원 한 번도 들어주지 않던

알 수 없는 아빠의 마음

두 그림자

[율]

폐활량은 래퍼 부심,

공원 다섯 바퀴 뛰고

줄넘기 백 개 하고 돌아오는 길

어둑해진 집 근처 담벼락에 드리운

두 사람의 그림자

묘한 분위기에 멈칫,

그림자만 봐도 알겠다

한 사람은 아빠,

마주한 사람은

아빠 어깨쯤 오는 키에 긴 생머리,

설마 여자친구?

엄마 묘소 안 데려가던

엄마 사진 안 보여 주던

아빠에 대한 배신감에

그림자만 응시하는데

어깨가 조금씩 들썩이는

여자 그림자

다가가지 않는

아빠 그림자

혼란스러움에 그대로 굳어 버린

내 그림자

한 번도 상상한 적 없던,

아빠에게 여자가 생긴다면

나에게 새엄마가 생긴다면

짐

[율]

잠은 오지 않고
이런저런 생각으로
깊어지는 밤

내가 걸림돌이 된 걸까?
그 여자는 왜 운 걸까?
머리까지 이불 뒤집어쓰고
잠을 청해 보는데
그럴수록 더욱 또렷해지는

아빠를 좋아한 만큼 속상하고
아빠를 의지한 만큼 서운하고
짐이 된 것 같아
잠이 오지 않아

뜻밖의 만남

[민혁]

동네 골목 돌아보다

내 시야에 들어온 '갬성' 책방

아담한 붉은 벽돌 건물

1층은 책방, 2층은 가정집,

그런데 간판에 쓰인 이름이

지율 책방?

책방 문을 열고 들어가다

나와 눈이 마주친 율,

"날 보러 온 거?"

대꾸 없이 책만 골라

계산하고 나오는데

뒤에서 들려오는 소리

"친구야?"

"아직은요."

미술 시간에

[민혁]

빛의 파장에 따라

표면에 나타나는

다양한 빛깔을 중시한다고

인상파에 대해 설명하는 미술 샘

"어둠을 그린 걸 수도 있죠."

나도 모르게 밖으로 나온 말

잠시 아무 말 없이

나를 바라보다 빙그레 웃는 샘,

"그래 민혁아,

빛에 가려진

어둠을 볼 수도 있겠다."

빛이

내 빛이 아니라면

그건 어둠일 뿐

그 눈부심이

내 시야를 가린다면

그건 칠흑 같은 어둠일 뿐

왠지 더 알고 싶은 애

[율]

빛이 아닌 어둠을 그린다는

참고서도 만화책도 아닌

클로드 모네 화집을

우리 책방에서 사 간

민혁

아빠의 등

[율]

늦은 밤, 물 마시러 나왔다가 보게 된 아빠의 뒷모습. 그 앞에 놓인 술잔 하나.

두 그림자 사건 이후 아빠가 조금 달라졌다. 더 깊어진 시선, 더 없어진 말수. 오랜만에 아빠의 등을 본다. 조금 굽었다.

난 늘 아빠의 등에서 살았다고 한다. 뭔가를 보채며 울 때도 업어 주면 뚝 그쳤다고. 종종 뒤에서 아빠를 끌어안으며 등에 얼굴을 묻곤 했다. 지금은 그럴 수 없다.

두 그림자를 본 순간 배신감이 들었지만 차라리 잘됐다는 생각도 들었다. 아빠에게도 가끔 책방 밖으로 나갈 수 있는 문이 생긴 것 같아서.

그런데 지금 아빠의 등은 굳게 닫혀 있다.

두드려 보려다, 그냥 말았다.

'개취'인데요

[율]

무료한 책방지기에게

음악은 필수

이 길 그대로 어디까지라도

그대로 나아가자(나아가게 두질 않잖아)

좀 더 나답게(나다운 게 뭘까)……

요즘 반복 재생으로 듣는

일드 〈소년탐정 김전일〉의 엔딩곡

가사 마디마디 따져 묻게 되는데

순간 휴대폰에서 이어폰이 빠지며

새어 나온 음악 소리,

얼른 다시 이어폰을 꽂고

아빠가 있는 창고 쪽을 살핀다

아빠는 내가
제이팝 듣는 걸
정말 싫어한다
독립군의 후예도 아니고
역사학자도 아니면서

이유를 물어도 대답 없고
그저 정색하는 아빠
'개취'를 무시하는 아빠에게도
이것저것 따지고 싶다

정말 따질 게 한둘이 아닌

제삿날에

[지우]

할머니가 싸 준

제사 음식 전하는데

대뜸 묻는 율,

"넌 엄마 얼굴 기억하지?

난 아무리 뒤져도

엄마 사진이 한 장도 없어.

첨엔 날 위해서라고 생각했어.

근데 아닌 것 같아."

얼굴이라도 알고 싶은

율의 마음을 읽는다

"그래도 넌 엄마 아빠 제사

한날 지내진 않잖냐."

해그림자

[율]

음식 덜어낸 그릇을 챙기는
지우의 뒷모습에서
언젠가 봤던 표정이 보인다

담벼락에 기댄 채
저물어 가는 하늘을
바라보던 지우

뭐 하냐는 내 물음에
"뭐 그냥 오랜만에
엄마 아빠가 보고 싶네?"

멋쩍게 웃으며
툭 던지는

지우 얼굴에 일렁이던

해그림자

아빠의 선택

[율]

"아빠힌테 여자가 생긴 것 같아."

갑작스런 내 말에
궁금증 잔뜩 굴리는
지우의 눈동자

먼저 말해 주길 기다릴까
그냥 직접 물을까 고민하다
지우의 추리력에 기대 보는 나

두 그림자에 대해
여자의 흐느낌에 대해
한밤중 아빠의 술잔에 대해
조용히 듣던 지우

“아저씬 널 택한 거겠지.

그 선택에 여자는 울고

아저씬 힘든 거고.”

나를 뚫어지게 보며

제법 전문가다운 표정으로

내놓은 답

정답이 아니더라도

왠지 안심이 되는

브리핑

[지우]

"아빠는 은행장,

엄마는 변호사,

신축 아파트 살고

공부는 꽤 하나 봐."

떡볶이를 먹으며

민혁에 대해 브리핑하는데

물끄러미 나를 바라보는 율,

"관심 많네?

들은 거야, 알아본 거야?"

"그게 뭐 중요해?

암튼 여기까진 팩트,

지금부턴 나, 권지우의 추리야.

공부는 잘하지만 열공 스타일은 아님,

말수는 적으나 생각은 많음,

뭔가 주변과의 불협화음이 느껴짐.”

입안 가득 떡볶이를 넣으며

‘엄지 척’ 해 주는 율

그때 김밥 한 줄 뚝딱 내오는

접시 비는 꼴 못 보는 할머니,

“걔가 누군데?

담에 한번 데리고 와라.”

그림만 그리더니

[지우]

45

첫 시험 중간고사 결과

시간만 나면 그림 그리는

민혁이가 일등,

늘 일등 하던 대석이가 이등,

내가 삼등

담임의 칭찬에도

애들의 부러워하는 시선에도

아무런 반응 없는

썩 유쾌하진 않지만

묘하게 궁금한

만화 캐릭터 같은

민혁

묘한 불안감

[지우]

"어, 어, 할머니!
뭐 하는 거예요?"

아까부터 말씀이 없어
좀 이상하다 했는데
다 된 떡볶이에
다시 넣는 고춧가루

"아이고, 내가 정신이 없네.
자주 머엉 한 게
왜 이러는지 몰르것네."

내 말에 깜짝 놀란 할머니
서둘러 고춧가루를 걷어내는데

불현듯 스멀스멀 올라오는

불안감

"뭘 그라고 쳐다보냐.

요즘 젊은것들도 깜빡깜빡 혀븐다더라.

지우 너도 그라잖여."

웃으며 다시 장사 준비하는

할머니 모습에도

사라지지 않는

불안감

형

[민혁]

형은 지금 어디에 있을까?
유럽? 동남아?
유튜브 영상을 보는데
불쑥 떠오르는 형

사라지기 전날 밤
내 방에 들어와선 대뜸,
"미안해, 민혁아."
어리둥절 쳐다보던
내 어깨만 툭 치고 나갔는데

형 대신 법대 간다고 한 나,
알고 있기는 해?
형……!

여행 유튜버

[민혁]

예고도 없이

언제 온다는 기약도 없이

해외로 배낭여행 떠난 형

형에게 기대를 건

엄마 아빠에게도

대신 자유로웠던 나에게도

큰 충격이었다

쪽지 하나 달랑 두고 사라진

형 방에서 한참을 서성이다

발견한 노트 하나,

몇 장을 넘기다 눈에 띈

낙서처럼 써 놓은 글귀들

벗어나고 싶다

숨이 조여 온다

진짜 내가 하고 싶은 일

자유롭게 살고 싶다

배낭여행

여행 유튜버

용기, 용기, 용기

시도하지 않으면

연기처럼 사라질……

쩌릿하게 느껴지는

형의 고민과 갈등

"법대는 제가 가면 되잖아요."

대신 형을 놔달라는 내 제안에

한풀 꺾인 부모님의 노여움

그렇게라도

응원하고 싶었던 형의 꿈

삼촌의 방문

[율]

책방에 들어서는데
2층에서 들려오는 〈월광 소나타〉

순간 알았다
내 티키타카 삼촌이 왔다는 걸

2층으로 올라온 나를 보며
환하게 웃는 삼촌,
"지율, 삼촌 보고 싶었지?
옷 색깔이 잘 어울리네."

병으로 시력을 잃고
기어코 나가서 혼자 사는
똥고집 삼촌의 화법

꼭 보인다는 듯

"역시 삼촌은 보는 눈이 남달라."
나도 지지 않는다

하이파이브하며
내 머릴 쓰다듬다 묻는
지우의 안부

나보다 지우 편을 더 들지만
그래도 좋다
언제나 내 랩을 지지해 주는
말동무 내 삼촌

선물

[율]

비트는

리듬이 생명이라며

삼촌이 사 온

작은북 하나

두두둥 둥둥

두구두구두구두구 둥둥

손으로 쳐 보는 내 리듬에 맞춰

피아노로 합주하는 삼촌

비트가 살아있는

삼촌과 나

식탁 위 가족사

[율]

반찬 가짓수가 늘었다

모두 삼촌이 좋아하는 것들

일찍 돌아가신 할머니 할아버지 대신

늦둥이 삼촌을 키운 아빠에겐

삼촌이 큰아들

그래서인지 나에게도 형 같은 삼촌

오른쪽엔 김치,

왼쪽엔 달걀말이,

위엔 불고기,

그 옆엔 멸치볶음,

또 그 옆엔 오이지

반찬 위치를 말해 주는

내 랩에 맞춰

고개를 끄덕이며

수저를 드는 삼촌

멀리 놓인 콩나물무침도

삼촌 앞으로 밀어놓는 아빠

당분간

우리 집 식탁에

햇살이 머물까?

그림자 여자와 엄마

[율]

"그래도 율이 엄마잖아요."

1층 책방으로 내려가다

순간,

발걸음도

생각도

판단도

정지된 나

묵묵히 듣고만 있는 아빠에게

쏟아지는 날 선 삼촌의 말들이

내 심장을 콕콕 찌른다

아빠가 엄마를…… 만났다고?

엄마가 살아있다고?

그럼 그 그림자 여자가……

설마 엄마?

순간 어지러워 계단 난간 꽉 붙잡는데

중심을 잃은 감정에

자꾸만 헛발을 내딛는다

사방이 없어지고

텅 빈 공간에 덩그러니 혼자된 느낌,

까마득한 절벽

한 번도 챙기지 않던

엄마의 기일

그리워하지 못할 만큼

그리웠던

엄마

살아있는 엄마를

죽었다고 한

어떤 이유로도 용서가 안 되는

멀고 낯선

아빠

여름

긴 장마와
더위가 예상됨

김민혁과 차대석

[지우]

지나가며 일부러 부딪치기
말꼬리 잡고 비아냥대기
청소 구역 어지르기

대놓고 따지지 못하게
은근슬쩍 민혁을 건드는
차대석

심리 분석이 취미인
나, 권지우에겐
다 보이고 다 들린다

"뭐냐, 유치하게?"
그냥 무시해 버리는 민혁 대신

내가 다가가 한마디 하니

순간 자존심 상했는지

얼굴 일그러지는 대석

창문으로 열기가 훅 끼친다

일기 예보대로

긴 여름이 시작되나 보다

삐딱선

[지우]

"뭔데?"
쉬는 시간
자기를 계속 쳐다보는 대석에게
민혁이 묻는다

"할 말 있음 하고."
말 없는 대석에게
한마디 더 하는 민혁

민혁을 향한 대석의 삐딱선은
도대체 뭘까?

"너 추리물 좋아하지?
이거 읽어 볼래?"

자기는 다 읽었다며

나에게 추리소설 건네주던

다정한 대석인데

왜 그럴까?

민혁이만 보면

아빠의 속내

[율]

"전 누구 닮았어요?
아빠랑은 안 닮았으니
엄마 닮았겠죠?"
"……."

건조하게 툭 물었다
말하지 않을 걸 알면서도

한 번도 얼굴 본 적 없는
난 듣고 싶었다
넌 엄마를 닮았다고

꿈에서라도 보고 싶었던
난 듣고 싶었다

실은 엄마가 살아있다고

말하지 못한 이유가 있었다고

도대체 살아있는 엄마가

왜 죽어있어야 했는지

알고 싶은데

당장 시원하게 듣고 싶은데

물어볼 수가 없다

내가 알아 버렸다고 하면

왠지 아빠랑 더 멀어질 것 같아

말 없는 말

[율]

등교하면서부터 내내

말 없는 나를 보며

쉬는 시간

점심 시간

체육 시간

계속 살피는 지우

그늘진 표정에서

들으려는

내 말

나이테

[율]

우리가 아지트 삼은

공원 놀이터에

나를 찾아온 지우

웬일로 아무것도 묻지 않고

그냥 옆에 앉아 딴말만 한다

"나무 나이테를 보면

나무가 어떻게 살아왔는지 알 수 있대.

살면서 상처를 얼만큼 받았는지도 말야."

앞에 있는 나무를 보며

곰곰 생각해 본다

아빠의 나이테가 궁금하다

옮다

[민혁]

나는 나

뭐든 끌리는 대로

유턴 없는 인생은 짧지

가는 거야 내 길로

나만의 길로

하지만 내가 알지 못하는

나를 자꾸 가로막는……

문제를 풀다

나도 모르게 따라하는

율이 흥얼거리던 랩

센티한 얼굴로 리듬을 타던

녀석의 목소리

집에 와서도 계속 맴돈다

살짝 열린 내 방문 앞을 지나던
아빠의 목소리,
"민혁이도 학원 기숙사
보내는 게 나을까?"

그 순간 나는
문제지를 확 덮고
그림을 그린다

랩하는 율의 얼굴을

메시지

[민혁]

> 네가 법대 간다고 했다며?
> 엄마 문자 보고 알았어.
> 쓸데없는 생각 말고
> 그냥 너 하고픈 거 해.
> 나보고 적당히 놀다 오라더라.
> 동생이랑 같이 법대 다니면
> 더 좋지 않겠냐고.
> 엄마 아빤 안 달라져.
> 그러니까 너도 너 좋아하는 거 해.

형한테 온 문자를 한참 보다

책을 덮고 음악을 크게 틀었다

잠시 머릿속을 비우고 싶을 땐

노래를 듣든가 영상을 보든가

다시 문자를 봤다

설득을 포기하고 떠난

형이 이해됐다

문자 사이로 어른거리는

형의 얼굴

좋냐?

나 안 보고 싶을 만큼 좋냐고!

스케치 노트

[지우]

아지트 벤치에 놓인

작은 스케치 노트

표지에 쓰인 이니셜

K. M. H.

한 장씩 넘겨 보는데

온통 펜으로만 그린

지나가는 사람들

자동차 아래 고양이들

이런저런 풍경들

그러다 멈칫 멈춘 내 손

거친 선들 속에 나타난

벤치에 앉아 얘기하는 나와 율

"지우야, 재 언제부터

여기 있었던 걸까?"

우리 앞을 지나쳐 가는

민혁을 보고 율이 물었었다

그날의 햇살도 리듬도

민혁의 시선도 느껴지는

이 한 장의 스케치

우리에게 걸어오는 말 같아

조금은 설레는

파편

[지우]

누군가 내 손에서

휙 낚아채 간

스케치 노트

고개를 들어 보니

날카로운 민혁의 눈빛

내 몸에 와 박힌 조각 하나

나한테 들킨 게 뭔데……?

너 때문

[지우]

문을 열려다 멈칫,
장사 준비 한창일 시간
불 꺼진 가게 안

한 달에 한 번
절에 가는 날 빼곤
닫은 적이 없는데

무슨 일이 생겼나?
어디 아프시나?
전기가 나갔나?

걱정스런 마음으로 문을 여니
어두운 가게 안

웅크리고 앉아 있는 할머니
뒷모습이 낯설다

"할머니, 뭐…… 하세요?"
다가서는 나를 바라보다
대뜸 하시는 말씀,
"너 때문이여.
너, 너 때문이여."

당황스러움에
잠시 멍하니 서 있는데
그제야 정신이 드는지
언제 왔냐
불은 왜 안 켰냐

지금이 몇 시냐

자리를 털고 일어서는 할머니

늦은 장사 준비에

서둘러 가스불 켜는데

아무 말도 물어보지 못했다

"지우야, 배고프제?

먼저 김밥 썰어 줄 테니께 묵어라잉."

자리에 앉아

서둘러 김밥 싸는

할머니의 뒷모습

불쑥, 두려운 마음

뭔지 모를 막막함

뭐가 나 때문일까?

변명

[율]

"엄마가 살아있어요?"

더는 참지 못해

따지듯 묻는 나를

한참 멍하니 쳐다보는 아빠

다 알아 버렸다는 걸

더는 숨길 수 없다는 걸

눈치챈 아빠의 변명은

담담하고 간단하다

마치 약속 시간 늦은 이유를 대듯

엄마는 일본 사람이고

아빠랑 결혼해 나를 낳았고

자기 일을 찾아 떠났고

아빠에겐 죽은 사람이고

아빠가 왜 제이팝을

싫어했는진 알겠다만

그뿐이다

아무리 미워도

다신 안 보고 싶어도

살았는데 죽었다고 하는 건

이해할 수 없다

그렇게 가 버린 엄마를

어떻게 생각할지

어떻게 대할지는

온전히 내 몫

늘 '너는 너'라며

스스로 판단하라던

아빠에 대한 배신감

용납도

용서도

쉽게 되지 않는다

아무 말도 못 하고

벌게진 얼굴로 씩씩거리던

그때 책방으로 들어오는

지우,

순간

어색한 공기에

서로의 눈만 쳐다보는

섬

[율]

문득 생각난

방울이

지우 할머니가 키우던 개

작년에 무지개다리 건넜다

버려진 개였던 방울이는

늘 마당만 뱅뱅 돌았다

또다시 집을 잃을까

큰 눈망울에 방울방울

두려움을 달고는

참말로 요상해. 요놈은 한 번도 마당을 벗어난 적이 없
어. 사람을 보면 오두방정 떨면서 얼마나 좋아허는지 몰라.
그라고도 절대로 따라나서질 않더라니께. 고깃덩이 주면서

살살 꼬셔도 침만 흘리지, 절대로 안 나가고 마당만 도는겨.

꼭 묶인 것맨치.

　　버려졌던 몸의 기억이 되살아나

　　문밖 세상을 스스로 등진

　　섬이 되었던 방울이를

　　할머니는 늘 안쓰러워했는데

　　우리는 누가 섬일까?

　　아무것도 몰랐던 나일까

　　죽은 사람이 된 엄마일까

　　그걸 숨긴 채 살아온 아빠일까

민혁의 가시

[율]

아지트 벤치에 누워

새로 쓴 랩 흥얼거리는데

귀를 때리는 큰소리

체육관 앞 우거진 수풀 쪽

속사포로 내지르는

처음 듣는 민혁의 거친 말투

"공부하고 있잖아요. 내가 알아서 하고 있는데 왜 그러는

건데요? 또 그림 도구 치우면 나도 어떻게 나올지 몰라요.

그땐 그냥 안 있을 거예요!"

자신을 지켜 내기 위해

가시의 방향을 바꾸는

식물도 있다는데

민혁의 가시는 어느 방향일까?

듣고만 있어도 보이는

랩=그림

[율]

랩은

내 마음의 탈출구

나만의 박자로

나만의 표현으로

거침없이 쏟고 나면

나를 찾은 기분

민혁에게 랩은

그림일까?

신발 코의 물음

[민혁]

엄마 전화 끊고

웅크리고 앉았는데

내 신발 코가

나를 빤히 쳐다본다

언제까지 형 대신 살 건데?

정말 이대로 괜찮겠어?

늦기 전에 잘 생각해 보라고

나에게 묻는 것 같아

나는 한참을 그대로 앉아 있었다

해법을 찾던 중

[지우]

분명 수학 문제 풀던 중인데

안 풀린 문제 해법 찾던 중인데

물구나무선 아이

머리 뚫고 나온 뿌리

다리가 열 개인 사람

궁금한 아이의 이야기

손 가는 대로 그려졌다

수학 문제를 벗어나

어느새 김민혁을 풀고 있는 나

지우의 기억

[율]

"엄마는 나를 안고 있었어.

교통사고 때 말이야.

얼마 전에 조금 찾은 기억이야.

할머닌 내가 힘들어할까 봐 숨긴 것 같아.

나도 말 안 했어.

왠지 우실 거 같아서."

내 고민 들은 지우가

어렵게 꺼낸 기억

죽음 앞에서도

필사적으로 자신을 끌어안았을

엄마를 생각하며

힘들었을 지우의 마음

“너희 아빠도 숨긴 이유가 있지 않을까?

엄마가 살아 계신 것만으로도 얼마나 좋아.”

촉촉이 젖어 드는 지우의 눈가

이 여름의 열기를 견디고 나면

우리 모습이 좀 더 선명해지기는 할까?

혼잣말

[지우]

그런데 율아,

이거 말고 또 뭔가 있는 것 같아

무엇보다

나를 보고 할머니가 했던 말,

"너 때문이여!"

무슨 뜻일까?

내가 뭘 했던 걸까?

모르는 것도

알게 되는 것도

솔직히 무섭고 두려워

퍼즐

[율]

일요일

우리 집에 찾아온 지우

"잡생각 없애는 덴 이게 최고지."

〈명탐정 코난〉

직소퍼즐 함께 하자며

늘어져 있는 날 일으킨다

상자를 열자

조각난 그림들이 쏟아지는데

이걸 언제 다 맞추나?

내 심란한 마음, 108조각이다

이쪽저쪽 맞춰 가자

막막했던 빈자리들

조금씩 형태가 드러나는데

흩어진 내 마음도

이렇게 꿰맞출 수 있다면

어떤 그림이 완성되기는 하려나

얼추 맞춰 놓은 퍼즐을

확 흩뜨려 버리니

놀란 듯 쳐다보는 지우

왜 내가 애써 맞춰야 해?

내가 만든 조각은 하나도 없는데

두 컷

[지우]

그림을 그리는

민혁의 책상 옆을

거칠게 지나가는 대석

바닥에 떨어진

미니 스케치북,

줍지도 않고

사과도 없는

대석을 바라보는

민혁의 눈초리가 매섭다

"사과 안 해?"

스케치북 주워들며

대석을 붙잡다

적의에 찬 눈빛에

그냥 손을 놓는 민혁

잘못을 인정 안 하는 대석이나

그 속내를 읽어 내려는 민혁이나

내 추리력에 발동 걸렸다

뭐냐,

너희?

별이 빛나는 밤에

[지우]

체험 학습으로 간

후기 인상파 전시회

그림에 푹 빠져

한 점도 허투루 보지 않는 민혁,

뚫어지게 보다가

메모도 하다가

고흐 그림 앞에서

홀린 듯

한참 서 있는

어우러진 별빛과 달빛의 물결

그 속에 서 있는 사이프러스나무

아늑한 분위기의 마을

"난 어려운 상징은 잘 모르겠고
그냥 느낌이 좋더라.
뭔가 이야기가 숨겨져 있는 것 같아서
추리해 보게 돼."

내 말에 살짝 웃어 보이는 민혁,
그림에 정말 진심이구나 하는데
불쑥 다가온 율,
"지우 너 아트숍에서 살 거 있다며.
같이 가 보자."

요즘 속이 시끄러운 율을
그냥 따라가 주었다

월광

코드로 반주만 하는 실력이지만

가끔 치는 피아노

베토벤의 〈피아노 소나타 14번〉 '월광'은

5년 동안 떠듬떠듬 연습 중인

울적할 때 자주 듣는

내 최애 곡

1악장, 작은 조각배가 내 안의 바다를 떠도는

2악장, 바람 이는 호수에 물수제비 뛰어가는

3악장, 화산이 내뿜듯 강하고 뜨거운 힘이 몰아치는

지금은 듣는 것보다

직접 치면서 느끼고 싶다

"그동안 연습 안 했네?"

어느새 다가온 삼촌의 눈빛,

내가 다 알아 버린 사실과

내 마음의 파노라마를

꿰뚫어 보는

눈이 보이지 않아도

누구보다 나를 잘 보는

삼촌의 시선

어른

[율]

"다 자라려면

백오십 년이나 걸린다고?"

쉬는 시간,

그린란드 새끼상어 이야기를 읽고

놀란 지우

"어른 되기 그만큼 어렵다는 의미네."

지나가다 툭 던지는 민혁 말에

반한 듯 쳐다보는 지우 눈빛

슬쩍 질투가 났다가

내가 듣기에도 멋진 말이라

괜스레 약도 올랐다가

나도 해 보는 한마디

"어른이 되고 싶지 않을 수도 있지.

하고 싶은 일보다

해야 할 일이 많고

앞뒤 재야 하고

나보다 세상의 눈으로 봐야 하고."

"오, 그 말도 멋진데?"

지우의 칭찬에 내 어깨는 으쓱,

민혁도 동의하는 듯 고개를 끄덕,

순간, 내 속만 투닥거린 것 같아

살짝 못마땅한데

"나도 일 년에 일 센티 자라는

그린란드 새끼상어처럼

어른은 천천히 될 거야."

장난스레 말하는

지우를 보며

피식, 동시에 웃는

민혁과 나

어둠을 걷다 보면

[율]

오랜만이다

늦은 저녁 혼자 뒷산에 오른 건

별들은 한 뼘 더 내려오고

풀벌레 소린 더 가까워지고

뒤섞인 고민은 마음을 헤집는다

걷고 걸었다

마음이 차분해지길 바라며

마음이 정리되길 바라며

시원한 밤바람이 터치하자

문득 떠오르는 랩 가사,

폰 메모장을 연다

어둠을 걷다 보면 보인다, 내가 무얼 모르고 있는지, 내가 무얼 그리워하고 있는지, 내가 어디에 서 있는지

어둠을 걷다 보면 들린다, 사람들이 무슨 말을 하는지, 왜 그런 말을 하는지, 그 말이 향하는 곳이 어디인지

어둠을 걷다 보면 또렷해진다, 순간 반짝이다 스러지는 별똥별 같은 내 모습……

한바탕 쏟고 나자
한결 가라앉는 마음

다시 걷는다
소나무 숲을 지나

매화나무 밭을 지나

동네가 내려다보이는 등성이를 지나

숨이 헐떡일 때까지

잡생각이 달아날 때까지

한 권의 기울어진 책

[민혁]

동네에서 마주친 지우 손에 이끌려

율이네 책방으로 갔다

들어서는 우리 둘을 빤히 쳐다보는 율,

어떻게 같이 오냐는 표정

그러거나 말거나

추리소설 신간 찾는 지우의 입은

쉴 틈이 없다

요즘 추리물은 판타지가 기본이고

범인은 끝까지 헷갈려야 하고

오브제의 복선은 신중해야 하고

말 많은 걸 싫어하는 나인데도

왠지 지우의 수다는 듣게 된다

웃을 일 없는 나를

가끔 웃게도 만든다

피식 웃다가

율과 눈이 마주쳤다

탐탁지 않은 표정이지만

난 이 녀석도 왠지 싫지 않다

덜 채워진 책장

넘어진 책들 보던 지우,

바로 세워도 넘어지고

다시 넘어지고

맨 마지막 책 한 권을 살짝 기울여
나머지 책들에 기대어 놓으니
그제야 넘어지지 않는다
그걸 보고 즉흥 랩을 흥얼거리는 율

덜 찬 책꽂이의 책들, 자꾸만 쓰러지네 쓰러지네, 반듯하
게 세우지만, 다시 쓰러지고 쓰러지고, 할 수 없이 기울이는,
마지막 책 한 권, 그제야 바로 서는 책들, 비스듬한 생, 비뚤
어진 생, 그 기울임으로 바로 서는 다른 생, 기울인다는 건 바
로 선다는 것, 그렇게 바로 서는 우리……

랩이 끝나자
지우와 나는 박수를 쳤다

좋아하는 일을 위해선

느낌에 충실한 율,

자꾸 마음이 가는 이유

"넌 필 받으면

가사가 바로 튀어나오더라."

지우 반응에

얼굴 붉히던 율,

"사실 잘 모르겠어.

나한테 기울어질 생도 있는지."

작전

[지우]

'생물의 생태와
우리 모습 연관 짓기'
다음 시간까지 해야 하는
조별 과학 숙제

한 조가 된
율과 민혁 그리고 나

이건 순전히
민혁을 좀 더 가까이서
파악하기 위한
반장의 직권 남용

사수

[지우]

자기 조에 싫은 애가 있다며

민혁에게 조를 바꾸자는 미진

상관없어 보이는 민혁의 표정에

당황한 나,

"안 돼!"

단호한 내 말에

멀뚱히 쳐다보는 민혁과 미진

"그런 게 어딨어?

그대로 해야 해."

내가 말해 놓고도 머쓱한데

고개를 끄덕이는 민혁

어쨌든 간신히 사수한

우리 조!

김밥과 천리향

[지우]

조별 숙제로 모인
우리 셋 앞에 놓인
김밥 세 접시

오물거리는 나와 율만
쳐다보는 민혁에게
"생각은 밥심이여."
말씀 한 접시 더하는 할머니

"색깔이 다 달라서 예쁜 거겠지?"
김밥 속 재료들 들여다보며
툭 내뱉는 율의 말끝에
무심한 듯 얹는 민혁의 한마디,
"다른 게 뭉치니까 예쁜 거지."

둘의 자연스런 티키타카에

나도 살짝 끼어든다

"뭉칠 수 있게 감싸는 건 밥알이네."

할머니가 웃는다

"내 김밥이 그라고 멋진 줄 몰랐네."

우리 조가 조사할 생물은 천리향,

이름처럼 천리까지 향이 퍼진다는

그런데 꽃잎마다 향기가 다르다는

천리향에 대한 우리의 관점은

어떻게 맞춰질까?

생각을 서로 궁굴리고 뭉치면

요 김밥처럼 예쁜 무늬가 만들어질까?

같이 따로

[율]

분식집에서 나와

만화방 가자는 지우,

나는 오케이,

민혁은 망설이다

잡아끄는 지우를 따라온다

지우는 탐정물,

나는 음악 만화,

민혁은 표지 그림을 골라

따라서 그려 보는

같은 시간

같은 장소

다른 시선

함께 서로의 세상을 꿈꾸는

우리 셋

Track. 03
가을
기억과
무늬의 길

엄마의 주름

[율]

국어 시간에
선생님이 들려준
청소년 시 한 편

엄마

물을 뿌려 가며
다림질하는 엄마를 본다

다리미가 지날 때마다
반듯하게 펴지는
내 옷

"구겨지면 다시 이렇게 펴면 되는 거야."

웃으며 말하는

엄마의 이마에 어느새 생긴

주름들

내가 새겼을

엄마 얼굴의 주름을 상상해 보는데

본 적이 없어 잘 그려지지 않는다

서둘러 지운다

3비트 고민

ˋ [율]

빠른 비트 원하는 나에게
뭔가 물으려던 삼촌,
3비트에 경쾌한 변주까지 섞는다

쿵 쿵 쿵, 쿵 쿵쿵 쿵쿵, 쿵쿵 쿵쿵 쿵
삼촌 비트에 맞춰
고민을 털어놓는 나

한 번도 본 적 없는, 그저 흐릿한 눈코입, 보고 싶은 게 싫
고, 미워지는 게 싫고, 떠오르는 게 싫고, 아무것도 선명하지
않은, 마치 어스름 같은,

피아노 치는
삼촌의 눈동자가 흔들린다

나는 안다

생각이 복잡해질 때

말뜻을 헤아리려 할 때

지금처럼 흔들린다는 걸

소리에 민감한 삼촌은

이미 내 고민을 들은 것 같다

조언

[율]

초등학교 때
삼촌에게 물었었다
아빠한텐 들을 수 없는
엄마 얘기

"조금 아는 것보다
모르는 게 더 나을 때도 있는 거야."

모르면 기억할 게 없고
덜 힘들 거라는

나를 위한 말인지
나를 무시하는 말인지

불편한 시선

[지우]

담임 대신

반장인 내가 발표한

기말고사 날짜

여기저기 한숨 터지는데

그러거나 말거나

공책에 그림만 그리는 민혁

그런 민혁을 바라보는

대석의 불편한 시선

대석이가 왜 그럴까

[지우]

대석에게 어울리지 않는

나쁜 말, 못된 행동

민혁에게 왜 그럴까

못마땅한 이유가 뭘까

큰 돌이 머리는 좋구나

이름으로 놀려도

씨익 웃기만 하던 대석,

우리 할머니 떡볶이도 좋아했는데

민혁을 바라볼 때만

무겁게 가라앉은 표정

불만 가득한 눈초리

사춘기

[지우]

대석과 민혁을 보며

나의 사춘기를 생각한다

힘든 할머니 보며

말썽 안 피우려 애썼던

나에게 사춘기는

아직 오지 않은 건지

오다가 가로막힌 건지

코알라와 나

[율]

산불 뉴스에서 발견한

코알라 한 마리

온통 불길인 숲속에서

허둥지둥 피할 곳 찾다

길을 잃고 망연히 서 있는

코알라의 두 눈동자에서

나를 본다

어디로도 나아가지 못하는

그 깊은 두려움

살아있는 엄마

나에게 숨기는 아빠

어디로도 뻗지 못하는 내 뿌리

그동안 살아왔던 숲을

통째로 빼앗긴 코알라와 나

불길 속으로 한 발 내딛으려는

코알라를 보며

나도 모르게 소리친다

"안 돼! 기다려!"

그 순간 구조대의 손길에 들려

무사히 빠져나오는 코알라,

안도의 한숨이 터진다

숲의 기억으로

아프지 않기를……

피카이아

[율]

먼저 말해 주길 기다렸다

이해할 수 있는 진짜 이유를

괜히 앞에서 서성이기도 하고

부를 땐 긴장하며 다가가 보지만

"새로 들어온 신간 좀 정리하렴."

"파손된 책들 한쪽에 모아 둘래?"

"학교 갈 때 쓰레기 좀 내놔라."

내 기분 느끼면서도

내가 뭘 원하는지 알면서도

아무 일 없었던 듯

나만 어색하고

나만 서먹하고

나만 힘들어하고

대들지도 못하고

대답 없이 행동만 하는

못마땅한 내 얼굴,

삼촌은 안 보여도 다 안다

저녁에 빼꼼히 방문을 연 삼촌,

"너 피카이아 아니?"

모른다는 내 말에 그냥 가는데

나더러 찾아보라는 거다

삼촌은 늘 저렇다

내가 알았으면 하는 게 있을 때

설명 없이 화두만 던지는

피카이아, 캄브리아기의 동물

살아남은 건 우월해서가 아니라

힘든 시기를 견뎌냈기 때문……

그래서 뭔데요?

뭘 견뎌야 하는지

알아야 견뎌내는 거 아닌가?

빛과 소리

[율]

밥 굶고 음악만 듣는
내 옆에 앉아
가만히 들려주는 삼촌 이야기

"처음 앞을 못 본다고 했을 때, 그땐 정말 앞이 안 보이더라. 사람답게 살 수 없을 것 같아 숨이 턱 막혀 왔어. 보이지 않으니까 빛도 암흑이었거든. 보이지 않는다는 사실이 얼마나 두려웠는지 몰라. 그러다 보니 소리에 민감해졌고, 소리가 빛이 된 거지. 눈이 안 보이고 나서 처음 피아노 소릴 들었을 때 감정이 요동을 치는데, 그 순간은 내가 살아있음에 감사할 정도였지."

소리가 빛이었던
그 두려움의 바다를

견디며 건너왔을 삼촌의 시간

"그런데 율아,

그때 빛이 안 보였던 아빠에겐

율 네가 소리였어."

순간,

무슨 말인가 싶어

멍하니 삼촌만 바라봤다

삼촌의 연애

[율]

"삼촌은 연애 안 해?
작은엄마 생기면 잘할 자신 있는데."

"하고 있잖아, 피아노랑."
피식 웃으며 말하던 삼촌

어쩌다 여자친구를 만나도
오래가지 못하고
헤어질 때마다
피아노만 치던

말이 없어도 들렸던
삼촌의 마음

선글라스

[율]

삼 년 전
삼촌 생일 때 사 준
선글라스

잘 쓰지 않는 삼촌에게
단단히 삐쳤던 나

"쓰고 있으면
나를 가리는 것 같아서…….
꼭 써야 할 때 잘 쓸게."

지금은 이해할 수 있는
삼촌의 말

달과 할머니

[지우]

내 방 창으로 보이는

보름달

계속 보고 있노라면

검은 숲의 달궁 같다

열고 들어가면

아리송한 할머니 말도

알려 줄 것 같은

저 오묘하고 둥근 문

할머니의 마음을

할머니의 비밀을

달궁은 알고 있을까?

오늘따라 유난히 밝은

달의 무리를

오래도록 바라본다

비밀번호

[지우]

사물함이 안 열린다고

씩씩대는 율,

몇몇 아이들이 거들어 보지만 소용없다

"사람이 말썽이니 사물함도 말썽이네?"

내 놀림에 아이들이 웃는데

"비번 바꿨잖아."

민혁이 툭 던지며 지나간다

그때 생각났다

어제 사물함 비번을 바꾸던 율이,

그것도 랩까지 하며

비번 알면 열리지, 이메일이, 핸드폰이, 사물함이, 마음에

도 비번 있지, 누구나 있지, 어떻게 아느냐가 중요하지, 어떻

게 여느냐가 중요하지

민혁의 뒷모습을 보며

놀라는 율의 얼굴,

"지우야, 쟤 나한테 먼저 말한 거 맞지?"

그러네,

묻지도 않았는데

처음으로 입을 연 민혁

열다 보면

[율]

나는 오늘도 참 많이 열었어, 방문을 열고, 현관문을 열고, 교실 문을 열고, 책가방을 열고, 노트를 열고, 생각을 열고, 의문을 열고, 반항을 열고, 고민을 열고, 관심을 열고, 일탈을 열고, 공상을 열고, 열정을 열고, 후회를 열고, 열고 열리다 보면, 둥그런 열매 하나 열리겠지

쉬는 날 동네 뒷산
신곡 발표에
이어진 지우의 심사평,
"그냥 쏘쏘."
"정말?"

새로운 가사 쓸 때마다
맨 먼저 듣는 지우의 평가,

'쏘쏘'면 그런대로 괜찮은 편

이렇게 열다 보면 열리겠지

언젠가는 멋진 곡 하나 걸리겠지

언젠가는 무대 위를 활보하겠지

"그렇게 좋아할 정도는 아니고."

씨익 웃는 내 모습 보며

찬물 끼얹는 권지우

하지만 나는 안다,

지우의 점수를

끌리면서 거슬리는

[율]

"민혁아!"
지우 외침에 바라보니
풀숲에서 나와 걸어가는 김민혁,
누워 있었는지
등을 덮은 잔풀

"여기 멍 때리기 좋은데 잘 찾았네?"
앞질러 가 마주하는 지우
그런 지우를 바라보는 민혁
오고 가는 두 사람의 눈빛

"왔음 말을 해야지. 내 랩 들었냐?"
"내가 먼저 온 것 같은데?
그리고 들은 게 아니라 들렸어."

김민혁,

끌리는 구석이 있지만

자꾸 거슬리는

처음이다

[민혁]

얽매이지 않는 가사

분명한 자기 목소리

언젠가

그림에 담아 보고픈

독특한 율의 랩

처음이다,

먼저 친구하고 싶어진 건

만들면 되지

[율]

멋진 신세계에서 이방인을 보았다. 나를 만나러 왔다가 금방 가 버릴……. 꿈을 파는 달빛제과점엔 어떤 꿈들이 있을까? 그 꿈들은 어떤 맛일까? 외딴방에 혼자 고립된 느낌. 마음을 여는 열쇠 수리공을 부르고 싶다. 아빠의 마음 좀 열게. 작별하지 않는다니 과연 그럴 수 있는 사람이 있을까?

고민이 들러붙을 때
생각이 복잡할 때

책장에 꽂힌 책 제목을
연결하며 주절대는 내 버릇

뜻하지 않은 일들이
몸에 안 맞는 겉옷처럼

내 몸에 겹겹이 걸쳐지는데

자꾸만 겉도는 일들을

하나하나 벗어 내어

나만의 음악으로

일진 대 민혁

[율]

쉬는 시간,

학교 일진에게 불려 나간 대석,

뭔가를 주면서도 쩔쩔맨다

"나 무시하냐?"

맘에 안 드는지

대석을 한 대 치려는 일진

순간, 뒤에서

팔을 잡는 민혁

팔을 빼려던 일진은

민혁의 악력에 놀란 듯 당황하고

아이들의 시선에 얼굴은 붉어지고

민혁이 힘을 풀자 팔을 획 빼며

봐준다는 듯 대석의 어깨를 툭 친다

일진이 가자

벌개진 채 교실로 돌아가는 대석

역시 멋있다며

민혁에게 엄지 척 하는 지우

그래 폼난다

질투 나게 멋있네

인정하고 마는 나

세 개의 페달

[율]

삼촌, 말이 들려요, 꼭 다문 입술에서, 무표정한 얼굴에서, 떠도는 시선에서, 모호한, 답답한, 잘 모르겠어요, 그래도 친구가 되고 싶은 건……

내가 랩으로 질문하자
피아노로 답하는 삼촌,
베토벤 '비창' 2악장을 치며
세 개의 페달 중 왼쪽 페달을 밟는다

"소프트,
여길 누르면 소리가 작아지면서
음이 부드러워져."

이번엔 가운데 페달

“소스테누토,

음이 계속 이어지게 하지.”

이번엔 말없이 연주만 하더니

갑자기 오른쪽 페달을 밟으며 손가락을 뗀다

그래도 계속되는 음

“댐퍼,

여길 누르면 손가락을 떼도

이렇게 계속 음이 나와.

소리도 커지고 울림도 풍부해지지.”

삼촌은 피아노 빼면 말이 안 되나?

이런 내 마음을 아는 듯 웃는 삼촌

"소리 없이 들리는 말이라면

끝까지 들어 줘 봐.

친구가 되고 싶으면 좀 더

지켜봐 주면 좋겠다는 말이야.

자기를 전달하는 방법이

누구나 같진 않을 거야.

이 세 개의 페달처럼 말이야."

각각 다르지만

한 곡의 연주를 위해 나란히 자리한

세 개의 페달이

왠지 우리 셋 같다

지우, 민혁 그리고 나

배려

[민혁]

조별 발표 순서가 되자
율과 나에게 눈빛 보내며
야무진 말투로 집중시키는
우리 조 대표 권지우

향기가 천 리까지 간다고 해서 천리향인 이 꽃의 향기 농도는 꽃잎마다 다르다. 벌이 한번 왔다 간 제일 진한 꽃잎은 더는 향기를 내지 않고, 뒤에 오는 벌은 두 번째 진한 꽃잎으로 가고, 이 꽃잎도 더는 향기를 내지 않는다. 그렇게 세 번째, 네 번째……

다 함께 기회를 나누는 자신들만의 법칙이다. 배려가 생태인 이들의 싸움도 아픔도 없는 향기가 천 리까지 가는 이유이다.

이번 숙제를 하면서

천 리까지 갈 수 있는 내 향기는 뭘까

생각해 보는데

아직은 잘 모르겠다

내가 좋아하는 일과

내가 해야 할 일은

달라야 하는 걸까?

누구든 싸움도 아픔도 좋아할 리 없는데

배려는 누구를 위한 것이어야 할까?

발표를 마친 지우가

율과 나를 번갈아 보며 씨익 웃는다

빈 종

[민혁]

금방이라도

달그랑달그랑

종소리가 울려 퍼질 것만 같은

빈 나뭇가지에

누군가 매달아 놓은 작은 종들

그런데 방울이 없나 보다

바람이 불어도

손으로 흔들어 봐도

아무 소리도 내지 못한다

아파도

싫어도

원해도

목소리를 내지 못하는

나를 닮았다

방울을 달아 주고 싶다

삼각형의 변주

[민혁]

수학 문제를 풀다

끄적거린 문장

우리 셋, 거리가 있어도 좋아

서 있는 점이 달라도 좋아

서로에게 연결된

팽팽한 그 힘의 각은

언제든 튕겨 나갈

활시위를 만들고

부등변이었다가

이등변이었다가

정삼각이었다가

늘 변주하면서도

함께할

세 꼭짓점

지우,

율,

나……?

기다림

[율]

침묵하는 것도

말하는 것도

노력이 필요하다

아빠도

노력하고 있긴 할까?

폭발

[율]

저녁 식탁에 앉자
꼬막무침 내 앞으로 놓는 아빠,
처져 있을 때
뭔가 속상할 때
아빠가 해 주는 내 최애 음식

"싱싱한 거 방금 무친 거야."
오늘은 아빠의 이 말에
오히려 기분이 상한다

내가 기다리는 말은 그게 아닌데
아빠 정말 몰라서 이러는 거야,
아님 알고도 모른 척하는 거야?

"왜 안 먹어. 먹……"

아빠 말이 끝나기도 전에

벌떡 일어난다

놀란 듯 아빠가 쳐다보고

밥 먹던 삼촌도 멈칫하고

"아빠에겐 배신한 아내지만

나한텐…… 엄마, 엄마라고요!

원망도 내가 하고

판단도 내가 해야죠.

엄마 얼굴도 목소리도 여태 몰라요, 나는!

어떤 기분일지 알기나 하세요?"

한동안 식탁 위에 정적만 흘렀다

고백

[율]

삼촌과 한참 얘기하던 아빠,

내 방으로 들어와

돌돌 감아 놨던 말타래를 풀어놓는다

뱃속에 나를 품고 혼자 된 엄마를

사랑한 아빠

내가 세상에 나온 날

더없이 기뻤다는 아빠

단란한 가정을 꾸리며

행복을 키우던 어느 날,

일본으로 떠나 버린 엄마

가장 힘들 때

함께해 준 아빠를 두고

아무것도 모르는

육 개월 된 아들을 두고

그곳에서 전공 공부를 하던 엄마는

돌아온다던 두 번의 약속 이후

소식이 끊겼다

"네가 일본 노래 들을 때마다

두려웠어. 네가 떠날까 봐……."

아빠의 떨리는 목소리가

포물선을 그리며

내 온몸을 감싼다

그때 문득 떠오른

삼촌의 말,

"그때 빛이 안 보였던 아빠에겐

율 네가 소리였어."

아니라는

[율]

날 버리고 간 친엄마는

엄마가 아니라는

날 키워 준 아빠는

친아빠가 아니라는

이제껏 살아온

나는 내가 아니라는

버려지고 키워진

나

할머니 그리고 할머니

[지우]

떡볶이는 졸여지고 있는데
가만히 앉아 있는 할머니

서둘러 주걱으로 젓고
할머니를 보는데
가슴이 철렁 내려앉는다

"할머니……."
가만히 다가가 부르자
나를 뚫어지게 쳐다보는데

"너 때문에, 너 때문에."

흔들리는 목소리로 말하고

소리 내 우는 할머니를
꽉 끌어안았다

"그게 무슨 말인데,
할머니 왜 그래.
무섭게 왜 그러냐고!"

같이 엉엉 우는 내 얼굴을
천천히 만지던 할머니,
"지우야, 와 울고 그라냐잉?
무슨 일 있당가?"

다시 돌아왔다
나밖에 모르는 할머니로

치매

[지우]

괜찮다고 우기는 걸

내가 더 박박 우겨서

기어이 할머니랑 병원에 갔다

할머니가 검사받는 동안

기도하고 또 기도했다

처음 할머니 따라왔을 땐

너무 화가 나고 싫었다

엄마 아빠 다시는 못 본다고

도장 찍는 것 같아서

하지만 지금은

할머니한테 무슨 일이 생기면

나는 아무것도 못 한다고

치매라는 검사 결과,

다행히 초기라서

잘 관리하면 진행을 늦출 수도 있다는

할머니 손을 잡고 나오면서

입술을 깨물었다

할머니가 나를 데려왔으니

허락 없인 어디 가지 말고

무슨 일 생기지도 말라고

혼자 큰 시간

[지우]

율이네 책방 지하 창고에 갇혔다가

닷새 만에 나온 새끼 길냥이,

며칠째 울지 않는다

떼쟁이처럼

먹이 달라고 야오옹~

심심하다고 냐오옹~

엄마 어딨냐고 히야옹~

날마다 울어댔는데

무언가 골똘해진 표정

민첩해진 걸음걸이

깊어진 눈동자

울음을 삼켜 가며

굶주림과 두려움의 시간을 건넌

새끼 길냥이

혼자 훌쩍 커 버린

혼자 훌쩍 커 버린

혼자 훌쩍 커 버린

플레이리스트

[율]

비를 맞으며

발길 닿는 대로 걷다 보니

뒷산 등성이

벤치에 앉아

플레이리스트에 있는 제이팝 지우는데

삭제 버튼 누를 때마다

리플레이 되는 엄마에 대한 원망

엄마에게 나란 어떤 존재였을까

어떤 의미였길래

친아빠도 아닌 아빠에게

나를 맡겨 두고

아니 버려 두고

그 긴 세월을 접어 두었을까

제이팝 듣는 날 볼 때마다

일렁였을 아빠의 외로움이,

내가 떠날 수도 있겠다 싶을 때마다

밀려왔을 아빠의 두려움이

추적추적

내 몸속으로 파고드는 순간

더욱 굵어지는 빗줄기

숨구멍

[율]

체험학습으로 간

너른 갯벌

"율아, 저기 봐! 숨소리가 보여!"

지우가 가리키는 쪽을 보니

정말 들리는 게 아니라 보인다

뽀록 뽀록 뽀록

갯벌 위의 숨구멍이 움직인다

원을 그리며 가다가

앞으로만 나아가다가

네모난 모양을 만들어 가는

소라게 한 마리

그 뒤를 가만가만 뒤따라가 본다
넓은 바다가 기다리고 있다

No Pain No Gain

[지우]

No Pain No Gain

고통 없이는 얻는 것도 없다

영어 시간에 샘이 해 준 말

얻으려면 왜 고통이 있어야 할까?

할머니가 품고 있는 고통은 뭘까?

기억을 잃을 때마다

되찾는 할머니의 기억은 뭘까?

저물녘

[민혁]

산도 집도 골목도

지나가는 사람도

배회하는 고양이도

모두가 스며들어 하나가 되었다

그림을 그릴 때

저물녘 풍경이 가장 힘들다

하나가 된 그 속에서도

각자의 색깔은 보여야 하기에

그래야 진짜 하나가 되는 거니까

Track. 04

겨울

진실, 그리고
또 하나의 문

유일한 내 편

[지우]

밥 먹고 약 깜박하는

할머니를 챙기다

어느새 잔소리꾼이 된 나

처음 왔을 때

떡볶이 한 그릇 내주시던

할머니

"인자부터 니 집은 여기다.

맵고 뜨겁고 콧물 나도 맛난

이 떡볶이처럼

할미 집도 그럴 거다."

뭔 말인지 정확히 몰라도

매운 떡볶이 때문인지

코끝이 찡해 왔었다

잔뜩 골이 났는데도

계속 들어가던 떡볶이

그때 알았던 것 같다

할머니가

유일하게 남은 내 편이란 걸

내 속

[율]

쉬지 않고 달린

뒷산 다섯 바퀴

숨이 차 토할 것 같다

다 게워 내고

텅텅 비우고 싶은

지랄 같은

회상

[율]

물에 빠진 나를 구하다
다리 다친 아빠

맞고 온 나에게 누가 그랬냐고
얼굴이 벌게져선 다그치던 아빠

감기약에 잠든 내 옆에서
꾸벅꾸벅 졸던 아빠

뒷산 벤치에 앉아
언제나 내 아빠였던
아빠 모습 떠올리는데
다가와 내 옆에 앉는 지우

“너희 아빤

정글 같은 삶에서

네가 유일한 이정표였대.”

삼촌에게 모두 들었나 보다

지우와 난

저물어 가는 하늘을

말없이 바라보며

한동안 앉아 있었다

익어 가는 하루

[지우]

햇살 맑은 일요일

어디로든 떠나고 싶었다

그래서 강행한 여행

두 시간 걸려 도착한 서해,

안 가겠다 빼던 민혁도

내키지 않아 하던 율도

어느새 밝아진 얼굴

갯바위에 앉아

할머니가 싸 준 김밥을 먹다가

불어오는 바람과 넘실대는 잔물결에

다 같이 '바다 멍' 때리다가

누가 먼저랄 것도 없이

터져 나오는 큰 한숨

"난 프로파일러가 될 거야.

추리와 심리 분석이 내 적성인 것 같아."

내가 먼저 침묵을 깨자

"난 사람의 내면을 그리는 화가가 되고 싶어.

먼저 넘어야 할 산이 많긴 하지만……."

자신도 모르게 꺼낸 마음인지

어색해하는 민혁

"야, 저기 윤슬이나 봐.

바다에 왔으면 바다를 봐야지."

뭐가 못마땅한지 볼멘소리하는 율

“꼭 바다를 밝히는 꽃등 같네.”

내 말에 민혁이 고개를 끄덕이고

율은 돌멩이 하나 집어 바다에 던지는데

여전히 부루퉁한 표정

햇살에 반짝이는 바다를 보니

물결들이 종알종알 다독다독

가만히 위로해 주는 것 같다

우리는 한동안 가만히 바다만 바라봤다

익어 가는

우리의 하루

너에게 가는 길

[율]

힘들 때 울적할 때 그런 나를 봐 주는 너, 때론 말없이 때론 수다로 힘을 주던 너, 익숙하게 편안하게 어느 사이 들어온 너, 한 발 한 발 너에게로 가는 나, 하지만 넌 나를 지나쳐 가는 것 같아, 바다에 섬처럼 떠 있는 나, 저마다 어디로 흘러가는 사람들, 밀리는 물결 속에서도 나를 당기는 너, 너의 웃음소리 너의 잔소리 너의 꿈, 변함없이 일렁이는 바다처럼 좋은 너, 좋을 때도 아플 때도 늘 함께하고픈 너, 오늘도 너에게로 가는 나

지우의 마음은 민혁인 줄 느끼면서도
이런 가사를 쓰고 말았다
민혁이가 괜찮은 놈이라
더 속상하고
더 얄밉고

리듬을 붙여 부르다가

맥이 빠져 벌러덩

벤치에 누웠다

어느새 삭막해져 가는 나뭇가지들

때마침 울리는 점심시간 끝 종에

벌떡 일어난 내 시야로 들어온

풀숲 사이 민혁의 뒷모습

첫 만남

[지우]

율과 교문을 나서는데

걸음을 멈추는 율

맞은편 전봇대 앞

우리 쪽을 보고 있는

머리 긴 여자

굳어진 얼굴로

꼼짝 않고 서 있던 율의 눈동자가

흔들리더니 이내 붉어진다

잠시 노려보던 율은

고개를 숙인 채

그대로 지나쳐 가는데

나는 서둘러 따라가다

뒤돌아보았다

아득한 표정으로 서 있는

여자,

아니 율이 엄마

나보고 어쩌라고

[율]

집까지 오는 동안

온갖 생각이 뒤엉킨다

정리되지 않고

심장 소리만 크게 들리는

다녀왔단 말 없이

2층으로 바로 올라가는 나를

따라오는 아빠의 시선

책가방을 내려놓고

책상 앞에 앉았다

생각이 많은데

아무런 생각도 할 수 없다

그리움이

놀람이

설렘이

원망이

순식간에 치고 들어와

들끓어 대는데

여기저기 흩어진 마음

감당이 안 된다

나보고 어쩌라고

나보고 어쩌라고

울컥 치민 울음이

입 밖으로 나올까 봐

주먹을 꽉 쥐었다

서랍 속 카네이션

[율]

서랍 안

종이 카네이션

초등학교 때

어버이날에 만든 두 송이

기분이 묘하다

정말 그리웠는데

그때의 간절함이 붉게 번져 와

나도 모르게 툭,

"내가 얼마나 보고 싶었는데……"

순간, 놀란 나는

서둘러 서랍을 닫아 버렸다

패스

[민혁]

체육 시간

옆 반과 맞붙은 축구 시합

나에게 자꾸 패스하는 대석

지난번 내 도움 받은 뒤로

행동이 조금 달라졌다

드리블하던 대석이

골대 근처 나에게

또다시 패스한다

달려가 방향 잡고 날린 킥

골문으로 빨려들어 간다

골인!

우리 반 쪽에서 터지는 함성과 웃음소리

나를 향해 공이 날아올 때

내 편이라는 느낌이 들어 좋았다

목덜미의 땀을 식혀 주는

바람이 시원하다

생채기

[지우]

민혁에게 전해 달라며

대석이 내게 맡긴

새로 산 스케치 노트

노트와 함께

그동안 민혁에게 왜 그랬는지

속엣말 털어놓는다

폭력적인 아빠와

어려운 살림에

대석이 할 수 있는 건

공부가 전부였다고

반면에 모든 게 풍성하고

공부보다 그림을 더 좋아하는

민혁에게 놓쳐 버린 일등이

너무 속상했다고

시린 겨울 어떻게 날지 궁금해진

우리의 생채기

엄마라는

[율]

저녁 먹고 방에 들어와

창문을 열었는데

골목 어귀에 우두커니 서 있는

엄마라는 사람

잔뜩 무거워 보이는 어깨

바람에 날리는 머리카락

차가운 허공에 머문 시선

이제 막 켜진 골목 백열전등 아래로

흩뿌리는 붉은 진눈깨비가 눈물 같아

"엄마……."

나도 모르게 나직이 부르는데

발길을 돌리는 엄마

이대로 보낼 순 없어

그대로 집을 나와

한달음에 다가가 말했다

“잠시만요.”

겨울나무처럼

[율]

집 근처 공원에

마주 선 엄마와 나

무슨 말이라도 해 보라는

내 눈빛에

깊숙이 넣어 둔 편지를 꺼내듯

차근차근 얘기하는 엄마

가장 힘든 시기 아빠를 만나

행복이란 게 이런 거구나

느끼기도 했지만

엄마도 꿈이 있었다는

아빠의 허락을 받아

다시 일본으로 공부하러 갔고

자꾸 주어지는 기회를

포기하지 못했고

결국, 돌아오지 못했고

너무 늦었으니

용서나 이해를 바라지는 않는다고

이렇게 한번씩 만날 수만 있다면……

땅에 닿기도 전에 녹아 버리는 진눈깨비처럼

엄마의 말들이 흩뿌려지면서

내 주위를 맴돈다

천천히 다가와 허락받듯

잠시 나를 바라보던 엄마,

가만히 팔을 뻗어 나를 안는데

내 볼을 타고 흐르는 눈물이

따뜻하다

뿌리쳐야 한다고 생각하지만

온몸이 굳은 것처럼 움직일 수 없어

그대로 서 있는

봄을 기다리는 겨울나무처럼

나 멋대로

[민혁]

점심시간
아이들 모습에
영감을 얻어 그리는 그림

계속 관찰하며 스케치하다
대석이와 눈이 마주쳤다

얼른 고개 돌린 대석인
자리를 비우고
난 다시 그림에 열중하고

개구진 표정
진지한 표정
무료한 표정

한데 모으니

‘나 멋대로’다

그때 불쑥 다가와 묻는 대석,
“도대체 공부는 언제 하냐?”
“그냥 공부 기술이 좋아.”
“그래, 잘났다.”

툭 내뱉고 지나가려는 대석에게 말했다
“고맙다, 스케치 노트.”

엄마와 형

[민혁]

내 방에 들어가다

멈칫 섰다

과일 접시를 책상에 놓고

스케치 노트를 보고 있는 엄마,

한 장 한 장 펼쳐보다가

한곳에서 오랫동안 머문다

아마도 여행 중인 형 모습일 거다

형이 보내 준 사진을 보고 그린

헛기침하며 다가가자

노트를 내려놓고 뒤돌아선 엄마,

무슨 말을 하려다가

그냥 나가신다

블랙박스

[지우]

할머니 아프신 뒤론
할머니 방 청소 담당은 나

할머닌 그 정도 아니라고
너나 잘하라고 하시지만
이래야 내 맘이 편하다

서랍 정리하다 발견한
메모리카드 하나

할머니 물건 같지 않은
작은 칩을
노트북에 넣어 보는데

"지우야, 엄마 옆에 가만히 있어. 아빠 운전하잖아."

"싫어, 나 아빠 옆으로 갈 거야."

"어어, 지우야 안 돼, 지……!"

교통사고 모습이 담긴

아빠 차 블랙박스 영상

너 때문이라는

할머니의 말뜻이 담긴

차마 버리지 못한

할머니의 계산법

[지우]

내 기분을

아무에게도 들키고 싶지 않아

혼자 뒷산에 올랐다

눈발이 거세게 날리는데도

"너는 살아야 허니께 산 거고

엄마 아빠 또 그 운명이었던 것이제.

그라니께 누구 탓도,

어떤 이유도 없는 것이여."

그땐 몰랐다

그게 무슨 의미인지,

나만은 지켜 주고 싶은

할머니의 계산법

매콤한 떡볶이 만들며

눈물 콕콕 찍어 냈을 할머니

아무것도 모른 채

잘 커 가는 날 보며

버텨 냈을 할머니

그래서 나는 알면 안 된다

시린 눈발에 눈물이 나오는데

그냥 내버려 두었다

오늘까지만

오늘까지만

나에게 온 것들

[율]

늦은 밤

식탁에 앉은 아빠와 삼촌

"율이는 또래보다 생각이 깊어요.

스스로 판단하고 행동할 수 있게

지금은 그냥 지켜봐 주면 안 될까요?

잘 헤쳐 나갈 겁니다."

삼촌 말 가만히 듣고 있던 아빠,

앞에 있는 술잔을 비운다

"넌 언제 간다고?"

"이번 주말에요."

떠난다는 삼촌 말에

조용히 방으로 들어온 나

책상에 앉아

내 메모 노트를 펴는데

눈에 띄는 글귀 하나

나에게 온 모든 것은

내 음악이 될 것이다

떠난 자리

[율]

내 안에

커다란 자국을 남기고

또 올게,

말만 남기고

떠난 엄마

연락처를 물어보지 못했다

아니 안 물어봤다

지금은

앞으로의 리듬을 향한 스텝 중이니까

호랑나비

[민혁]

길을 걷는

내 앞으로 날아온

호랑나비 한 마리

그림으로 남기려는 순간

팔랑 날아간다

문득 드는 생각 하나,

내가 널 가두려 했네……

그래, 훨훨 잘 날아갔다

그곳이 어디든 너의 세상이길!

다시, 봄

새잎이

나올 때까지

유별난 나들이

[율]

내일 떠난다며
나들이 가자던 삼촌,
아빠와 나를 끌고
목욕탕으로 간다

삼촌이 올 때마다
셋이 갔던 목욕탕,
초등학생 이후로 처음이다

"그때처럼 해 보자."
때수건을 흔들며 삼촌이 말한다

아빠가 내 등 밀고
삼촌이 아빠 등 밀고

뒤돌아

아빠가 삼촌 등 밀고

내가 아빠 등 밀고

삼촌과 달리 매끈한 피부인

아빠와 나,

부자지간 아니랄까 봐

별것이 다 닮았다고 놀리던 삼촌

탕에 들어가 슬쩍 보는데

요즘 들어 늘 뒷모습만 봤던

핼쑥해진 아빠의 얼굴

목욕탕을 나와

언제나처럼 중국집으로 향하는

우리 셋

배웅

[율]

올 때도

혼자 왔으니

갈 때도

혼자 갈 수 있다며

기어코 집 앞에서 손을 흔드는데

아빠도 나도

보낼 때마다 늘 불안하다

"그렇게 고집이 세니

연애를 못 하는 거다, 뭐."

내 말에

씨익, 한번 웃고는

뒤도 안 돌아보고 가는 삼촌

지켜보는

내 시선을 느끼는지

살포시 밟는

투스텝

매운맛

[지우]

“오늘은 좀 맵게 혔다.

매운맛이 가끔은 정신 나게 허제.”

율과 내 앞으로

떡볶이 한 접시 내오며

말씀하시는 할머니

먹기도 전에 매콤한 맛이

침샘으로 올라온다

율이 한입 야무지게 넣자

떡볶이에 삶은 달걀 하나 더 얹으시며,

“엄마 너무 미워허지 마라잉.

언제든 만날 수 있는 것만 해도

감사헌 일이제.”

순간 멈칫하다가,

아무 말 않고 다시 떡볶이만 먹었다

율도 대답 대신

떡볶이 하나 더 입에 넣었다

"아빠도 잘 챙겨드려라잉."

한마디 더 던지고 가시는 할머니

누가 더 잘 먹나 시합이라도 하듯

떡볶이 한 접시를 싹싹 비운

율과 나

오랜만에 매운맛 봤다

226

민혁이와 대석이

[지우]

대석이 준 스케치 노트에

그림을 그리고 있는 민혁,

그런 민혁을 보고

살짝 미소 지으며 지나가는 대석,

실수인 척 대석을 민혁 쪽으로

툭 밀쳐 보는 나,

"엇, 미안."

"괜찮아."

바로 사과하는 대석과

떨어진 연필을 주우며

대답하는 민혁

뭐냐, 둘이 뭐 있었나?

응, 나 때문이야

[지우]

"할머니, 내 에코백 못 봤어요?

분명히 여기 걸어 놨는데."

대답 없는 할머니

또 웅크리고 앉아 계신다

조용히 다가가

뒤에서 꼬옥 안는다

잠시 가만히 있던 할머니

내 팔을 뿌리치며 뭔가 말하려 하시기에

얼른 앞에 앉아 말했다

"응, 나 때문이야.

나 때문이라고."

아무 말 않고 나를 바라보다

눈을 동그랗게 뜨며 하시는 말,

"저녁은 김치볶음밥 혀 묵을까잉?"

나는 고개를 크게 끄덕이며 웃었다

뛰어!

[율]

학교 가려는 나에게
아빠가 내미는 쪽지

번호를 본 순간 알겠다
엄마의 연락처란 걸

"통화하고 싶음 통화하고
만나고 싶음 만나고……"

식탁 정리를 하며
말끝을 흐리는 아빠

그러겠다고,
하지만 지금은 아니라는 내 말에

조금은 밝아지는 아빠 얼굴

집을 나와 걸어가는데
뒤에서 누가 내 등을 툭 친다

"야 우리 늦었어, 뛰어!"

달려가는 지우 따라
아무 생각 없이
뛰기 시작한 나

그냥 너답게

[율]

청소년 랩 경연대회

준비 중

자고로 랩은

가사와 리듬 못지않게

패션이 중요하다는 지우,

내 목에 붉은 스카프를 둘러 준다

"나가서 떨지 마,

혹시 삑사리 나도 자신 있게!"

지우가 눈을 부릅뜨고 말하자

민혁도 한마디 보탠다

"그냥 너답게 해."

둘의 말에

조금은 풀리는 긴장감

조금은 생기는 자신감

그래,

나답게!

자신 있게!

좋아요

[민혁]

형이 보내온 유튜브 링크,

얼른 클릭해 보았다

이제껏 내가 본 중에

제일 밝은 모습

"여러분, 여기는 인도네시아 말랑입니다.

이름처럼 사람들 마음도 말랑하고 아름다운 하늘이 가슴

을 탁 트이게 하는 곳입니다."

잘 있구나, 형

노랗게 염색한 머리에

조금 탄 얼굴이 건강해 보여

나도 모르게 미소 짓는다

링크와 함께 온 톡,

"여기 일정 끝나면 유럽으로 갈 거야.

너, 다른 거 생각 말고 그냥 재밌게 살아.

네가 행복해야지. 또 연락할게."

걱정 마, 나도 나 챙기며 살 거야

누구를 위해서도 아니고

누구를 탓할 것도 아니고

형 채널에 꾸욱 눌렀다

좋아요!

캐리커처

[지우]

단발머리에

뭔가를 살피는 듯 쏠린 눈동자

굵은 입술선

눈, 코에 비해 큰 입

쩍 벌린 입안에선

음표들이 한가득

민혁이 그려 준 나와 율의 캐리커처,

잘 알지 않고선 표현할 수 없는

"이왕이면 멋있게 그려 주지,

암튼 고맙다."

샐쭉하게 말하면서도

좋은지 눈을 반짝이는 율

"학원 다니면
제대로 그려 줄게."
활기찬 민혁의 말에
율과 난 웃었다

새잎을 기다리며

[율]

앙상한 가지에 매달린

마른 나뭇잎

책에서 봤다

새잎이 나올 때까지 기다려야 한다고

억지로 떼어내면 상처가 생긴다고

스스로 떨어져 새잎이 돋을 때까지

나에게도 기다리는 시간이 필요한 건가?

그때,

다가와 내 옆에 앉는 민혁,

대뜸 묻는다

"그거 알아?"

그거는 귀신도 모르지,

하는 내 표정에

잠시 머뭇거리던

민혁의 입에서 나온 말

"지우…… 너 좋아해.

지우가 그러더라,

난 볼 때만 신경 쓰이지만

율, 넌 안 보일 때도 쓰인다고."

한참을 멍하니 있는데

툭 어깨를 치고 가는 민혁

끝까지 멋있는 녀석이

짜증나는데

살랑,

떨어지는

나뭇잎 하나

기울여

[율]

봄은 봄으로 살기 위해

겨울을 견뎠을까?

견딘다는 게 뭔지 잘 모르겠지만

난 그냥

나에게 기울이기로 했다

리허설

[지우]

생긴 대로 살아, 마음대로 살아

눈치 보지 마, 바꾸려 하지 마

자신과 더 친해져 봐

중요한 건 나야, 누구도 아닌 나

무엇이 되려고 하지 마

무엇을 하고픈지 생각해

나는 나, 너는 너, 같지 않아 어울려

나 멋대로, 나만의 멋으로

우리의 이야기라며

나와 민혁 앞에서 선보이는

율의 최종 리허설

우린 고개를 끄덕이며

박자를 맞춰 주었다

제대로 즐기고 와야 해

너만의 노래

너만의 리듬으로

누구도 따라 할 수 없는

다시 봄을 위한

[율]

"잘하고 와라."
대회 날 아침
삼촌에게서 온 음성 메시지

"잘 놀고 올게요."
남기고 나오려는데

눈에 띄는
책상에 놓인 책 하나

《래퍼를 위한 음악 이론》
아빠가 조용히 가져다 놓았을
봄의 신간에
울컥 찡해지는 코끝

집을 나서서

걷다가

뛰다가

달린다

우리는 서로에게 피처링

청소년 시소설을 써 보면 어떻겠느냐고 처음 제안받았을 땐 조금 걱정됐다. 시와 소설을 함께 쓰고는 있었지만, 그 둘을 결합한 장르에 대해서는 깊이 생각해 보지 않았기 때문이다. 하지만 정형화된 장르가 아닌, 조금은 실험적인 형식이 될 시소설 장르에 대해 호기심이 일었다. 시와 소설, 두 장르의 특징이 서로에게 '피처링'이 되어 준다면 또 다른 새로운 맛도 낼 수 있을 것 같았다. 물론 두렵기도 했다. 자칫하면 이야기의 의미와 여백에 대한 해석이 새로운 형식에 가려질 수 있기 때문이다. 그래도 설레는 마음이 더 컸다.

막상 작업에 들어가니 예상한 대로 쉽지는 않았다. 함축, 운율, 상징, 이미지 등 시적인 요소와 인물, 사건, 배경 등의 서사적 요소가 잘 어우러져야 했다. 그리고 시의 형식에 서

사의 흐름을 섞기 위해서는 섬세한 구성도 필요했다.

이렇게 여러모로 힘든 점이 있었지만 쓰는 즐거움도 그만큼 컸다. 풀어내는 문장 대신 비유와 함축으로 만들어 낸 시어의 맛은 창작의 낯선 결을 느끼게 해 주었다. 그냥 산문으로 쓸 때와는 다른 재미가 있었다. 그리고 이것이 발전된다면 시와 소설 두 장르의 본래 의미와 형식에 대한 새로운 방향을 보여 줄 수 있겠다는 생각도 했다.

래퍼를 꿈꾸는 율, 심리분석가가 되길 원하는 지우, 그리고 그림을 그리고 싶은 민혁. 우여곡절 속에서 방황과 위기를 겪은 이 세 친구는 나름의 해결책을 찾아낸다. 이 과정을 통해 자신의 정체성을 찾게 되는 이들은 자신이 자기 삶의 주인공인 동시에, 다른 사람의 삶에 특별한 가치를 더해 주는 협력자라는 사실도 깨닫게 된다.

각자의 고민과 방황 속에서 자신만의 방향을 조금씩 잡아 가기 위해서는, 자기 자신의 말부터 잘 들을 수 있어야

     작가의 말

한다. 내가 정말 즐거워할 수 있는 일이 무엇인지, 나의 진짜 마음이 무엇인지 알아야 한다. 나는 율과 지우와 민혁이 그 래 주길 바랐다. 그런데 이건 그렇게 쉬운 일만은 아니다. 아 픈 상처가 단단한 흉터가 되기 위해서는 고민을 통한 성찰 이 필요하다. 그 힘은 나를 앞으로 나아가게 하는 든든한 버 팀목이 되어 준다.

이 세 아이의 성장을 지켜봐 주는 인물 중 하나로 율의 삼촌이 등장한다. 소설 속 삼촌은 시각장애인 피아니스트로, 나의 친오빠를 생각하며 만든 인물이다. 시각장애인이었던 오빠는 피아노를 통해 새로운 자신만의 세상을 만들어 나갔 었다. 그런 오빠를 나는 내심 존경했다. 방학 때마다 집에 온 오빠와 나누었던 이야기들이 율과 삼촌의 대화에 담겼다.

이 작품을 쓰기 시작할 때쯤 갑작스레 찾아온 병으로 오 빠는 세상을 떠나 버렸다. 누군가와 이 슬픔을 깊게 나눌 기 회도 없었다. 너무 허망하고 힘든 시간이었다. 나는 나를 예

뼈해 주었던 오빠와의 추억을 기념하고 싶었고, 그래서 이 작품에 새기고 싶다는 생각이 들었다.

끝으로, 출판사 편집부에 감사한 마음을 전하고 싶다. 낯선 장르의 글을 편집하느라 많은 어려움이 있었으리라 생각한다. 예쁘고 멋지게 만들어 주서서 정말 감사하다.

율과 지우와 민혁, 오빠와 나, 그리고 출판사까지, 우리가 서로에게 피처링이 되었듯 여러분에게도 이 작품이 피처링이 될 수 있다면 더 바랄 것이 없겠다.

2025년 겨울, 안오일

시와 소설의 경계를 넘나드는 징검다리

– 안점옥(광주대학교 문예창작과 교수)

여행길 짐꾸러미에 시집을 찔러넣곤 한다. 시집은 일단 글자 수가 적은 데다, 아무 페이지나 내키는 대로 펼쳐 읽어도 괜찮다. 행과 연 사이 조붓한 여백에 숨은 의미를 생각하느라 책을 내려놓아도 독서가 계속된다는 점이 가장 좋다. 반면에 소설은 여행길 친구로는 알맞지 않은 것 같다. 빽빽한 글자 속에 연달아 나오는 사건을 보며 인물에게 온통 마음을 쏟아야 하기 때문이다. 거기에 마음대로 덮을 수가 없는 재미까지.

그런 까닭에 프랑스 시인 발레리는 시와 산문(소설)의 차이를 춤과 보행에 비유했다. 시가 춤추는 것과 같다면, 소설은 걷는 것과 같다는 뜻이다. 나에게 묻는다면, 시는 징검돌이고 소설은 건설된 다리라고 말할 것이다.

시와 산문은 이렇듯 문학의 양대 산맥이어서 교과서도 도서관도 문학 공모전도 이 둘을 따로 분류해 놓고 우리는 늘 둘 중에 하나를 선택해야 했다.

그런데 시소설이라니.

요즘 서로 다른 장르의 교차와 융합이 큰 유행이라고는 하지만 그래도 좀 엉뚱한 소리가 아닌가 싶었다.

《열네 살의 피처링》은 '시소설'이라는 낯선 이름표를 달고 있다. 한 편의 완결된 이야기가 시의 형식에 담겼다는 의미일 텐데, 한번 살펴보겠다.

먼저 소설로서의 《열네 살의 피처링》은 문제적 인물이 욕망을 이루기 위해 애쓴 끝에 성공(혹은 실패)하는 이야기다. 모두 세 명의 문제적 인물이 등장한다. 출생의 비밀을 안고 있는 지율, 부모님이 돌아가신 교통사고 현장에서 혼자 살아남은 권지우, 부모가 정해 놓은 삶의 길에서 뛰쳐나간

형을 대신해 자신이 그 길을 걸으려고 결심한 김민혁.

이들은 각각의 삶에 드리운 세상과의 대결, 그리고 자신과의 대결에 나선다. 그 과정에서 서로를 발견하고 어루만지며 우정과 사랑으로 나아간다. 소설이라면 이 과정에서 논리적으로 그럴 법하다고 여겨지도록 독자를 설득하고(개연성), 현실과 아주 비슷한 인물들을 통해 독자의 마음에 가닿도록 해야 한다(핍진성). 그러기 위해서 소설에는 그토록 많은 문장이 필요한 것이다.

그런데《열네 살의 피처링》은 이를 시의 형식에 오롯이 담는다. 소설과 달리 시는 보통 일반적인 호흡이나 문법을 따르지 않고 서정적으로 비약하면서 언어가 낯설게 자리 잡는다.《열네 살의 피처링》은 소설과 시 사이의 장르적 차이는 메우고 각각의 특징은 살리기 위해 몇 가지 방법을 사용했다.

먼저 각 시마다 제목과 본문 사이 괄호 안에 놓인 이름을 발견할 수 있다. 소설로 치자면 말하는 이가 여러 명인 '다중 화자'의 방식이다. 인물들에게 각자의 발언권을 줌으로써, 화자의 내면으로 들어가기도 하고 인물들을 건너다니기도 하면서 이야기를 진행해 나간다. 총 다섯 개로 구성된 장은 봄에서 시작해 다시 새로운 봄으로 이어지며 인물들이 고난과 성장의 시간을 보냈음을 알려 준다.

동시에 《열네 살의 피처링》은 시가 가지는 강점인 리듬과 압축의 아름다움도 보여 준다. 이를 가능하게 한 것은 상징적인 이미지, 마디마디의 장면이 이어져서 만들어지는 서사, 시적인 묘사와 자유로운 종결어미 등이다.

이 책은 이렇게 소설의 작법과 시 창작의 특징을 버무려 독자를 이편에서 저편으로 옮겨놓으며 낯설고 새로운 독서의 재미를 안겨 준다.

그런데 뒤집어 생각하면 이 재미를 읽기만이 아니라 쓰기에도 적용할 수 있지 않을까? 우리는 생활글이라 하면 으

레 일기나 에세이를 떠올리지만, 시의 형식으로 생활글을 시도해 본다면 어떨까? 《열네 살의 피처링》을 읽으며 시와 소설 사이를 뛰어넘는 새로운 재미를 체험했으니 말이다.

앞서 시는 징검돌, 소설은 다리와 같다 했다. 징검돌 사이로 강물이 몸을 뒤척이며 지나가고 틈새에서 자라난 수풀이 물결에 흔들리는 모습을 상상해 보자. 여러분은 들쭉날쭉 놓인 징검돌을 깡충깡충 밟고 뛰다가 마음에 드는 돌을 만나면 쪼그려 앉아 쉬기도 한다. 그렇게 천천히 다 건너 뒤돌아보면, 흐르듯 놓인 징검다리가 보일 것이다. 이 '시소설'은 바로 그 징검다리를 닮았다.

도넛문고
15

다른 인스타그램

뉴스레터 구독

열네 살의 피처링

초판 1쇄　2025년 12월 20일

지은이　　안오일

펴낸이　　김한청
기획편집　원경은 차언조 양선화 양희우 장민기
마케팅　　정원식 이진범
디자인　　이성아 황보유진
운영　　　설채린

펴낸곳 도서출판 다른
출판등록 2004년 9월 2일 제2013-000194호
주소 서울시 마포구 동교로27길 3-10 희경빌딩 4층
전화 02-3143-6478　**팩스** 02-3143-6479　**이메일** khc15968@hanmail.net
블로그 blog.naver.com/darun_pub　**인스타그램** @darunpublishers

ISBN 979-11-5633-736-2 44810
　　　979-11-5633-449-1 (SET)

* 잘못 만들어진 책은 구입하신 곳에서 바꿔 드립니다.

* 이 책은 저작권법에 의해 보호를 받는 저작물이므로, 서면을 통한 출판권자의
　허락 없이 내용의 전부 또는 일부를 사용할 수 없습니다.

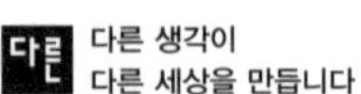